膠原病院

KO GEN BYO IN

遠藤ミチロウ

装丁　杉本幸夫

2014年
7月1日〜8月19日の50日間、
入院中毎日書き続けた、49篇の詩

◎目次

七月

八月

あからさま

やっとやって来た
自分が何者なのか
あからさまになる日が
足のしびれ動けない

とうとう寿命が尽きたんだ
自分はここまでだったのか
あからさまになる日が
耳鳴りで聴こえない

今すぐ笑い飛ばしたい
自分の一番恥ずかしいところが
あからさまになる日が

隠したって駄目だぞう

一寸先は闇さ
自分が何者なのか
あからさまになる日が
そのうちやって来る

目障りな朝日が昇る
自分にだけ牙をむく
あからさまな暗い日が
自業自得の離れ業

目をつぶってごらん
自分の本音が暑苦しいほど
あからさまになる日が
終わりの始まりだ

いくつも

いくつもウソを重ねてきたんだ
それが今度はくずれてしまった
あわてて今頃とりつくろっても
もう元にはもどらない

いくつもミスを重ねてきたんだ
それが今度は花開いた
すっかり浮かれていると
いつか足をすくわれるよお

いくつも馬鹿を重ねてきたんだ
それが今度は天才あつかい

訳のわかんない問題を
あっという間に解いたんだ

いくつも答えを用意してたんだ
それが今度はあてはまらない
にっちもさっちもいかないうちに
今日一日も過ぎていく

いくつも恋を重ねてきたんだ
それが今度はあてはまらない
キミに会うため生まれてきたんだ
そう思えて仕方ない

病室

窓がない夜空も見えない病室は
電車の音がかすかに聞こえる
紫外線に当たっちゃいけないんだって
トイレの窓から手を伸ばして
ザアザア降ってる雨に触れ
その冷たさに喜びと悲しみを感じる
何でもない普通のことが
切ないほどに恨めしい

猫たちは元気かな
なるようになるさと思っても
なるようにならないことばかり

開き直るかあきらめか
でも誰かが言っていた
動物は絶望しないって
必死に生きること楽しんでると
そうだよな
人間ほど弱い生き物はない

稲妻がビカビカ光って
雷の音が凄い
思わず外が見える窓辺へ
おお自然狂乱素晴らしい
ゲリラ豪雨だ雨よ降れ
思考停止で眺めてたら
高層ビルは霧の中
十五階からまる見えなのに

消灯の静寂の病院は
あちこちのベッドから
点滴注意の音がする
ピピピ ピピピ ピピピ ピピピ
看護師が静かに走る
僕はし瓶にオシッコをする
じゃぁじゃぁと真夜中の解放
眠りが浅くて夢が見れない
いや夢なんて見たくない

明日キミがやって来る
その時あれとあれをお願いね
何気ないメールのやりとりに
こころを休ませるひと時

努めて明るく振る舞うキミが
愛おしい
明日はアイスが食べたいな
絶対だめだろうけど
クソ暑い夏を感じたいんだ

国道四号線

北上する欲望
冥土の土産
安達太良おろし
サービスエリアは
高速道路

国道四号線
汚れた証
川が泣いてる
阿武隈の凪
インターチェンジは
高速道路
国道四号線

異常事態
人間だけが逃げている
安達が原の鬼ババア
逆走するなよ
高速道路

国道四号線
東北の脊髄
神経ばかり昂ぶっている
高圧線は血管だ
ＥＴＣは
高速道路

国道四号線

サスケエネエ！

警察来たってサスケエネエ！
野良牛には気をつけろ！って
ピカピカウウー言いながら
帰っていったまるで反対側に
草をついばむ野良牛たちよ！

雨が降ったってサスケエネエ！
添加物には気をつけろ！って
無農薬の空気は無い
水より始末が悪いんだ
風が吹いたらされるがままさ！

あの娘に子供が居たってサスケエネエ！
父ちゃんなんて知らないよ
子供だって知らないよ
二人だけの時間が欲しい
第三者は仲間ハズレ

食いたくなくてもサスケエネエ！
ほっぺたが落ちるほど
美味くても珍しくても
たまに食うからいいんだ
味気ないのが一番だ

勉強しなくともサスケエネエ！
習ったことしかできないよりも
習ったこともできないほうが

明日の可能性見えてくる
分かり切ったら何も無い！

サスケエネエ！
サスケエネエ！
刺す気はない！
やる気もない！
サスケエネエ！
サスケエネエ！
狂う気になれば！
こわい！こわい！
死ぬほどこわい！
身体になったあ！
疲れました

返事しなくともサスケエネエ！
いるのはわかってるから
いらないのはあなただけ
思い込んだら頑なに
探し続ける旅に出る

廊下

だれかが真夜中に吐いている
全てを吐き出すように
オェ オェ オェ オェ
みんな耳を澄ませてきいている
もう何も無いはずなのに

廊下は九十度に直角に延びている
正面と左へ
折れ曲がるコーナーで
椅子に座っていると
番兵みたいな気分になって
目を凝らす

正面の薄暗闇の廊下の奥を
老婆が横切った

どこに行くんだろう
トイレはこっち側だし
あの先は行き止まり
行き止まりの窓から
夜景を見つめに行ったんだろうか
なかなか帰って来ないので
気になったが仕方ない待つか

僕も右側の行き止まりの夜景を
チラッと見つめ老婆になる
洋服屋青木のネオンサインが
眩しく光ってつまらない夜景だ

でも老婆もそれをみてるんだろうか

いつまで待っても帰って来ないからあきらめた
きっとぼくが夜景を見つめた隙に帰ったのかも
仕方ないからまた番兵にもどる
何も見張ってるつもりじゃないのに
自分が嫌らしく思えてきたか

左側の廊下の奥を看護師が走る
さっき吐いてた患者の病室から
ちょっとしたざわめきを感じて
耳を凝らしたが
吐き気の声はもう聴こえない
きっと治まったんだろう
良かったね

廊下は九十度に折れ曲がって
病院を取り囲む
その周りに病室が幾つもぶら下がる
僕は毎朝その廊下をぐるぐるウォーキング
筋肉が衰えないようにするためだ
十回廻ってワンと言え！朝ご飯食べてもいいよ

言いたいことは

言いたいことはいつも
言葉の裏に隠れちゃうんだ
それでも僕はかまわない
気づいてくれなくともかまわない
ましてや君がいっぱいいいっぱいで
パンクしそうなのに
気づいてあげられない
僕はいったい何なんだ

二人の間には川がある
ずぶ濡れになっても渡れる
同じ思いの川がある

今日は氾濫しそうだ

やりたいことはいつも
思い出の中に隠してしまうんだ
それでも僕はかまわない
見つけられなくてもかまわない
ましてや君がいつもいつも
ここにいたいのに
一緒にいてあげられない
僕はいったい何なんだ

二人のあいだには川がある
ずぶ濡れになっても渡れる
同じ思いの川がある
今日は氾濫しそうだあ

じじいはたそがれて

歯が抜けた
それっきり
毛が抜けた
それっきり
禿げまして
くれやしない
放ったらかし
それっきり

じじいはたそがれて。

日が落ちた

今日もまた
評判も落ちた
今日もまた
暗いってばかり
言ってられない
泣いてばかり
いられない

じじいはたそがれて。

馬鹿馬鹿しいのは
世間体
狂おしいのも
世間体
度外視するのも

悪くない
むしゃくしゃするのは
最低だ

じじいはたそがれて。

○○○○

あたま真っ白何も浮かばない
両足痺れて芋虫みたい
俺は天井を仰ぎ見る
あー夜が更けて行く！

おなか真っ黒何が詰まってる
両目はギラギラルビーの涙
あいつは決して眠らない
あー朝がやって来る！

顔面蒼白どうしたんだ
大事なものを無くしたのか

おまえは決して喋らない
あー朝日がまぶしすぎる！

放射能の海

放射能の海では深海ザメが我がもの顔で泳ぎ回る
誰も魚を取らなくなったので餌がいっぱいあるんだ
放射能の畑にはウリ坊を連れた猪豚が駆けずり回る
捨てられて自然に出来た芋を掘り野菜も食べる
放射能の空き家にはネズミがいっぱい糞をする
どこもかしこもトイレさ
人間が作ったトイレさ
放射能の朝には夜露に濡れたコスモスが咲き乱れ
空き地の宴を用意する

もうすぐ四度目の冬が来る

放射能の風が吹く雨が降る
誰も帰って来れない
帰って来るな故郷には
虐げられた思い出しかない

放射能は俺のことお前のこと
忘れてたんだ昨日まで
取り返しのつかない欲望はやっかいだなあ

放射能に感謝しようか
人間の愚かさを気づかせてくれたんだ
それでもやめない哀しさは
動物たちに笑われるぞ

放射能の子供達は大きくなったら誰に復讐するんだ
親も大人も社会も国も知らんぷりして責任逃れさ
放射能は何も言わないただ犯しつづけるストーカー
取り締まれない危うさに
気を緩めたら傷つくばかりだ

放射能を人質にして怒るな
悪魔を背負って正論吐いても
恐怖で未来を脅すだけ
逃げ道はないんだけれど
放射能の海の中に沈んでいく
僕らの大地が沈んでいく

気づかないけどここは海さ
深海ザメがやって来る

未来泥棒

クズのようなやつらだ
逃げ足だけは速い
迷惑は果てしなく
責任のがれはお手の物

欲しい欲しいと叫ぶばかり
夢も希望も絶望も
現実は約束手形
未来は生命保険だ

蜃気楼のウワサを聞いて
バカを承知でやって来た

野次馬はシカトする
幻は未来泥棒

怨念よりも始末が悪い
運命よりも残酷だ
絶望よりも真っ暗だ
復活よりも絶滅だ

未来泥棒集団訴訟
契約解除の仕打ちあり
商売繁盛裏返したら
てめえのことしか考えない

正義と悪で振り分けも
簡単にひっくり返る

いったりきたりのいいわけに
ボクもアナタも未来泥棒

笑ってしまいたい

人間の愚かさを
蹴飛ばしてしまいたい
人間のずる賢さを
吐き出してしまいたい
人間の本性を
見ない聞かない言わない
人間の悲しさよ
ありがとう！

殺してしまいたい
やつばかりウヨウヨ
愛してしまいたい

でもあなたはいない
逃げ出してしまいたい
誰もいない
見ない聞かない言わない
人間の悲しさよ
ありがとう！

捨ててしまいたい
嫌なものはみんな
ほったらかしでかまわない
やりたいやつがやるのさ
素っ裸になりたい
そうでもしないと
気が狂いそう
見ない聞かない言わない

人間の悲しさよ
ありがとう！

ＳＬＥ〈全身性エリテマトーデス〉

朝日を浴びて
死んでやろう
紫外線が刺さってくる
頼りない肉体に
ささやかに乾杯して
朝日を浴びて
死んでやる
誰も恨んじゃいないけど
割があわないこの病
自分が情けないだけ
自分勝手に自分を傷つけ
自分勝手に死にたがる

薬で抑えつけても
治らないならと
誰が一体決めたんだ
血液が燃える
心臓が締め付けられる
神経が傷ついて
足が痺れてうごけない
何にも食べる気ないし
ガリガリ君になってもた
だから見舞いなんか来るなよ
心配は無用だ
早く治ってくださいって
だから言ってるだろう
治らない病だって
自殺したがるやつに

自殺はいけませんて言ったって
自己満足の無力感
だから朝日を浴びて
死にたがる
生命の始まりみたいな
朝日を浴びて
あてつけみたいに
死んでやる
自分勝手に完結。

雨に打たれて

降り注ぐ雨に打たれて
濡れたまま きみを抱きしめる
いつもいつもありがとう
今夜は特にステキだよ だから
このままじっと抱きしめて
きみの命を感じたいんだ

忘れていたことが
悲しみを甦らせる
ぼくらの過ちで
誰かを傷つけてしまった

疲れきった一日がやがて
もうすぐ終わる夜が泣く
きみと話しているだけで
ぼくはいつも幸せになる
あどけない優しさに
夢なんて見なくていい

気にしていたことが
不安を呼びさます
ぼくらの過ちで
誰かを傷つけてしまった

ふりそそぐ太陽の光り
浴びながらきみを抱きしめる
いつもいつも愛しているよ

今朝は特にステキだよ
このままじっと抱きしめて
きみの匂いを感じたいんだ

このままずっと
いつまでも一緒に
生きていこうよね
本当だよ

くっそ！

くっそ！
同情しかできないのか！
同情されるしかないのか！
そのために生まれてきたんじゃないんだ！
忘れるために走るのか！
忘れるために笑うのか！
無邪気で残酷な子供達
取り残された大人の男達
約束の地は生理の血でまみれ
女達の言葉は現実しか語らない
反省なんかするな集まって
どうせすぐ忘れるんだから

パンと牛乳と肉と引き替えに
愛と希望と安心を手に入れたんだって
良かったね上手くいって
でも明日になると
美貌と欲望と変貌を手に入れて
世界中が私を祝福する日がくるんだと思い込む
そんなことあり得ない
と気付いたとたん
みんなダメになってしまえ
切り刻んだ肉体よりも
憎しみは正体不明
一度殺してみたかったんだ
カエルやネズミの様に
戦争のような狂気が
一人一人にやって来る

こっそりやられたやつは
次の出番をまっている
あいつじゃ物足りないな
仲良くなったら危険信号
こころのうちに悪魔を秘めて
親だって殺してやる
子どもなんか飼い殺し
自分自身が制御できない
判断が狂いだす
なにを頼ればいいかわからない
だからやってしまってから
考える
ゴミ袋の生ゴミみたいに
捨ててしまって始末すれば
見つからないと信じていたのさ

裏切ったり裏切られたり
騙したり騙されたり
背負った過去は脱ぎ捨てられない
来たるべき未来は真っ暗闇で
生きて行くのが嫌になるほど
絶望してる訳じゃないと
おまえは言った
くっそ！
同情してる場合じゃないんだ
同情なんかするんじゃなかった
オレはオレだろ
オレは馬鹿だろ
くっそ！

真夜中の戦い

真夜中の病院のトイレで
二人並んでオシッコしてたら
隣のやつがオナラした
オシッコしながらオナラした
ブーッ！！

悔しいので俺もした
お返しとばかり二発した
対抗意識まんまんで
どうだとばかり思い切り
ブーッ！！
ブブーッ！！

そいつが更にお返しに
三発するのを期待したけど
何もない静寂
オシッコ終ってチンチンふって行ってしまった！

仕方ないので俺がする
チンチンふったら俺がする
意地の三発かましたる、でも
いくら力んでも三発は出やしない

うーうーうなって力んでも
スカしっぺさえ出てこない
それでもうーうー力んだら
とうとうウンコが出ちゃった

真夜中の病院に臭いニオイが広がる
真夜中の病院で臭い後悔するなよ
真夜中の病院のトイレは
悲惨なたたかい夢の中夢の後

墓場で

墓場は僕の心のよりどころ
墓場は子供のころの遊び場
墓場は孤独な記憶が楽しめる
墓場には蝶が飛び交い
墓場には御先祖さまが昼寝する
墓場に花をささげよう
墓場は桜の花吹雪
墓場で花見あいつと盃傾けて
墓場でお供えをつまみ食い
墓場でこっそりキミを抱く
墓場できみと今を語り合い
墓場をきれいに掃除する
墓場をじっと見つめていると

墓場は優しさのパラダイス
墓場に夜がやってくる
墓場で猫の大集会になり
墓場は悪意の吹き溜まり
墓場は真昼に浄化する
墓場では蜉蝣に生まれ変わる
墓場では蛇が神の使い
墓場の森に秘密の隠れ家
墓場でこっそりオナニーをして
墓場で懺悔を繰り返す
墓場で聖書を読み漁っても
墓場は全てを受け入れる
墓場に僕も行くだろう
墓場がどんなに放射能に汚染されても
墓場が僕のふるさとだから

不治の病

不治の病は山ほどあるけど
人間そのものが不治の病
ステロイドのような経済効果
副作用は甚大でバブルに破産に
株価暴落
エネルギーが一番大事で
新たなクスリを次々投与
高圧線を血管みたいにはりめぐらせて
日本中血液みたいに電気が走る
白血球は減ってないか
庶民は哀れな細胞で
ガンになったら切り捨てられて
ヤバくなったら放射線

抗がん剤でがんじがらめ
もうそろそろこんな世の中
一度ぶっ壊してもいいだろう
絶対あり得ないけどでも
ひょっとして自分の力を信じて
立ち上がることがあったら
何かが変わるかも知れない
僕らは細々と希望を語り
僕らは大々的に絶望を叫び
僕らは延々と日常を重ねる
どうしようもないとわかっていても
自滅することは目に見えている欲望の奴隷となって生きる
未来は自分たちの手の内には無い
どうにかしたい不治の病
人間そのものが不治の病

憂うつと安らぎの海に身を委ね
行ったり来たりしながら日を繋ぐ
小さな不幸が大きな疑問になって
あなたはいつしか独りになる
みんないなくなってしまったんだ
美味しいはずの晩ご飯も無い
一家団らんはいつの日だったのか
余りにあっけない崩壊に
思いっきり酔っ払ってみたんだ
何でおかしくなってしまったの
何のために頑張ってきたのか
訳がわからない
不治の病は気づかぬ内に
人間そのものが不治の病

奇跡の林檎

歯が弱ってから
リンゴを丸かじりできなくなって久しいが
「奇跡の林檎」は食べてみたい
岩木山を遠くに望みながら
枝から真っ赤な林檎をもぎ取って
草熟れにまみれてガブリ
美味しいだろうな
虫の声もする
津軽の秋の空
何処までいっても澄み切っているはずだ
斎藤さーん元気かな
「アサイラム」よこんばんは

今度唄いに行くときは生声でやりますよ
弘前を思い出しながら
元気になってまた旅がしたい
奇跡は林檎だけじゃないよね

記憶

あんまり人と比べたら
自分がミジメになるだけ
おいらの心臓ガタが来た
夢も希望もあるものか

見えないものが見えて来た
自分自身の自業自得
おまえの脳ミソ行き詰まり
白もクロもあるものか

今まで通りじゃ生きていけない
自分ばかり変わるんだ

誰がなんと言おうと
背に腹はかえられない

だけど記憶は当てにならない
嫌な事だけ覚えてる
みんなが知ってる事実を
今更ほじくり返しても

野郎野郎野郎

考えたふりしたら
あっさり見破られて
化けの皮はがされた
うそつき野郎

親切なふりして
近づいてくるのは
すぐわかるんだ
身勝手野郎

マジメなふりして
ガマンしてたら

自分を無くした
変態野郎

野郎野郎の大合唱
やろうやろうの大合唱

金持ちのふりして
贅沢三昧
身の程知らずの
馬鹿野郎

助平なふりして
口説いてみたら
チンポも立たない
インポ野郎

物知りなふりして
わめき散らす
真実は語らない
ホラ吹き野郎

野郎野郎の大合唱
やろうやろうの大合唱

野郎野郎野郎
やろうやろうやろうやろう

傲慢

何てごう慢なんだ
俺はたった一つの言葉で
世界に復讐してやるぞ
石ころをぶつけるみたいに
笑われたっていいんだ
堪忍袋はオシッコでいっぱい
屁理屈はお里が知れる
重力に頼り切った虚しさは
ベッドの上だけにしよう

何てごう慢なんだ
俺はたった一つの愛で

世界をバラ色にしてみせる
君の心臓にトゲを刺すみたいに
笑われたっていいんだ
ストーカーにはならないさ
唾のように告白するけれど
成り行き任せの虚しさは
裸になって脱ぎ捨てよう

早ぐ、行ぐべ！！

どごさ行ぐ！
おめーの行きてェどごさ行けばいい！
どうせ、なーんもわがんねえんだから！
逃げんなら今のうちだぞ
あぎらめきれないものは
右足で蹴飛ばして
未来に向かってシュート
はいるがはいらねえがは
あなた次第です！
おごれ！！
そして、わめげ！！
ややこしいのはたくさんだあ！

おめーのかあちゃん出べソ
おめーのとうちゃん真っ黒け
耳無しホーイチなん人きても
さっぱりかわんねぇ
いやさっぱりわかんねぇ

新新相馬盆唄

あーああー、今年ゃ最低だーよ
穂に放射能が付いてよ
あーああー、出なざなるまい
故郷を

あーああー、あそこに帰る日を
指折り数え
あーああー、キミのことを思い出す今夜も

あーああー、帰れなくとも
帰りたい相馬の盆
あーああー、みんなの元気な

顔が見たいよ

あーああー、小高の神様は
きっと逃げずに守ってた
あーああー、放射能なんかにゃ負けないんだって

あーああー、相馬の海に風が吹くよ
あーああー、海鳴りが聞こえるよ

志田名音頭「ドドスコ」（ドドスコ音頭）

（ドドスコ　ドドスコ）
阿武隈山地の森の奥（アッこりゃ！）
天国に一番近い村
（ドドスコ ドドスコ）
志田名 志田名 志田名人
神様じゃないんだよ（アリガタヤ！）
アリガタヤ志田名神

（ドドスコ ドドスコ）
じっちとばっぱと犬と猫（アッこりゃ！）
イカニンジンとボタン餅
（ドドスコ ドドスコ）

豆の煮付けは極楽だ
秋の紅葉天国だ（アリガタヤ！）
アリガタヤ志田名神

（ドドスコ ドドスコ）
ブルーシートは山の上（アッこりゃ！）
高圧線も山の上
（ドドスコ ドドスコ）
除染 除染と騒ぐでないよ
三百年かけてやってやる（モンクあっか！）
文句あるけどやってやる！

（ドドスコ ドドスコ）
志田名人が笑ってる（アッこりゃ！）
明日天国かわからない

（ドドスコ ドドスコ）
お墓はいつでも花盛り
猫はコタツで丸くなる（アリガタヤ！）
アリガタヤ志田名神

（ドドスコ　ドドスコ）
若い兄ちゃん急ぐでねえぞぉ（アッこりゃ！）
若い姉ちゃん遊びにおいで
（ドドスコ ドドスコ）
じっちとばっぱの愛の園
志田名人の生き様を（アリガタヤ！）
アリガタヤ志田名神

君以外

愛されなくたっていいんだ
君以外
だって面倒くさいだろう
愛しているんだ君と猫たちを
だって本当にかわいいんだ

そんな当たり前のことを
言葉にするのは恥ずかしい
今夜は美味しいご飯が食べたいね
早く帰って来ないかな

愛されなくたっていいんだ

君以外

みんないい奴なんだけど
愛しているのは君と猫たち
だって僕は心が狭いから

そんな悲しいことを
言葉にするのはズルいけど
今夜は雷が喚いて光ってる
ちゃんと帰って来れるかな

真夜中のカウボーイ

僕の睡眠時間は
朝の六時から昼の十二時
日が昇るころおやすみなさい
午前中が夜なのだ
朝と夜を取り替えて生活すると
身体によくないよ
病気になるよと言われたら
その通り病気になった
入院したら病院は消灯が九時
そして朝まで眠りなさい
こっそり起きてる人もいるけど
みんな素直に眠り出す

そんなに早く眠ったら
どんな夢を見るんだろう
子供や老人のような夢かな
でも入院患者は老人ばかりだ
ぼくは真っ暗闇で悶々とする
夢でなく妄想をかきたてて
寝ようと努力してるんだよ
早く治って退院したいもの
監獄みたいな生活はいやだ
家畜のような扱いはいやだ
不味いご飯はいやだ
こっそりトイレに抜け出して
放尿
オシッコの音が廊下に響く
手洗いの鏡の前で立ち尽くす

すっかり痩せてしまった
まるで病人みたいだな
いやいや病人なんですよ
それでもやっぱり寝れなくて
コッソリ本を読む詞を書く
そしたら朝までになるので
スマホでガマンする
打たなくてもいいメールして
友達を心配させる
返事がないとホッとする
そして諦めて眠るんだ
だから睡眠不足の朝は
看護師さんが意地悪に見える
検温血圧血糖値
身体フラフラしませんか？

オシッコは何回しました？
お通じはありました？
ああ、もう四日もウンコしてないな
ピンクの下剤がまた追加される
昨日の夜は隅田川の花火大会
病院の面会室からよく見える
スカイツリーの袖の下から
キラキラキラキラリピッカピカ
音はテレビで実況中継ドカンドカン
結構感動して見ていたら
じいさんばあさんじっとしながら無口で見てる
一人の江戸っ子ばあさんが
やっぱり外で間近で見なきゃつまんねぇ！と席をたつ
あらら、そういうもんかいな
残された僕らはそれでもじっとみる

ハート型した花火が上がる
夜空はハートがいっぱいチッカチカ
あっという間終わってしまう
花火の様な恋をしよう
横から見たって真下から見たって上から見たって
どこから見たって花火はまん丸　あたりまえか
しつこく最後まで見ていたら
残っていたのはたった二人
もうすぐ消灯時間だものね
でも最後がクライマックスなんだよ

真夜中のカウボーイは
摩天楼の下で逃げ回った
ぼくは妄想のなかを逃げ回る
高層ビルは赤いランプの灯明で

東京の夜の頭を照らしてる
キラキラ光るお墓の影が
はるかな海まで続いてる
不夜城の下界の喧騒を見つめながら
神様にでもなった気分
酔っ払いの羊の群れが
我が物顔で闊歩している

めをさましてごらん

ぼくのことばがきこえない
きみのことばがわからない
あいつのことばはウソばかり
だれのことばもみつからない

めをさましてごらん
めをさましてごらん

ことばなんてしんじないで
ことばなんてあてにしないで
ことばなんてきにしないで
ことばなんてわすれてしまえ

めをさましてごらん
めをさましてごらん

まるで雲が姿を変えるように
まるで光がさえぎられたように
まるでできみがひとりだけ
置いてきぼりにされたとしても

めをさましてごらん
めをさましてごらん

じぶんさえ信じていれば
だれも信じられなくても
たとえ裏切られても

なんでも許せるものさ

めをさましてごらん
めをさましてごらん
世界は単純なんだ
世界はじぶん次第さ

スカイツリー朝六時

スカイツリーに朝日が昇る
まるで中近東にいるみたい
東京は砂漠にできたドバイ
鳥が一匹も飛んでいない

スカイツリーは猫のチンポ
勃起した形によく似てる
浅草は雄の三毛の野良猫
アサヒビールに金色ウンコ

スカイツリーは機関銃
天に向かってホールドアップ

撃ち落とすのは太陽か
もうすぐ真上に昇ったらね

スカイツリーは争わない
孤独に一人立っている
まるで観音様のように
みんなが目覚めるのを待っている

スカイツリーは夜を待つ
シンデレラみたいに着飾って
社交界の華になる
西武のじじいのサンシャインがすり寄って来ても
あんたに恋するはずがない

スカイツリーに花火が上がる

隅田川から花火が上がる
今年は両手に花だったのよ
わたしのために輝きなさい

スカイツリーに蝿が飛ぶ
ヘリコプターの蝿が飛ぶ
宴が佳境に入ってるのに
何て無作法なやつらだ

スカイツリーの真上に
とうとう太陽が昇った
マシンガンは火を噴くか
アマテラスを殺せるか

スカイツリーの真上で

太陽は突然輝き出した
天の岩戸が開いたように
アマテラスは眩しくひかる

スカイツリーは太陽の
娘みたいに大人しくなって
もうすぐ始まる天孫降臨
私が生むのか神武天皇

スカイツリーは知っている
東京タワーが嫉妬してるのを
でも私は大好き尊敬してるのよ
まるでお父さんみたいだもん

スカイツリーは世間知らず

寄生虫みたいにお客が来ても
みんな何が楽しいのそんなに
雨の日がいいな一人になれる

あああスカイツリー
俺達下町のシンボルだ
取り残されてなんかいねーぞ
通天閣とは違うんだ
通天閣とは違うんだ

うた

詞を書いていたら
涙が止まらなくなった
嫌だなあ
嫌だなあ
言葉は感情の蛇口でも
下水道へ逃げていく
哀れな自分を吐きすてるように

もう眠ろうよ
もうすぐ朝が来てしまうよ
くればいい
くればいい

言葉は夢を逆なでする
眠らず気分が踊れば
脳みそがだらしなく笑い出す

プラ八

縁とは不思議な物語
おまえと出会ったその日から
新たな世界がやって来た

可愛い顔してわがままで
縦横無尽に自由奔放
怒られても反省しない

遊ぼうよ遊ぼうよ
楽しくてしかたがないんだ
家中を駆けずり回る

天使と悪魔とケダモノが
一緒になったおまえは
生まれたばかりの女の子

沖縄からやって来た猫
東京に行きたいな
このおっさんだましてやろう

まんまとはめられた僕は
可愛い可愛い寝顔に
たまらなくなって落とされた

連れて帰るしかないよね
飛行機に載せられても
ちっとも怖がっていやしない

縁とは不思議な物語
それ以来我が家は
戦争と平和のくりかえし

プラハ！いらんことしい！
わかったから止めて！
それは大事な〇〇なんだよ

不幸

不幸を嘆いても始まらない
喜べ！
おまえが表現者と自負するなら
やってきてしまったものはしかたない
なってしまったものは受け入れろ
そしてそこから観える風景は
なにものにも替えがたいおまえの表現の命だ
不幸でなかったらきっと解らなかったいろいろなことが
見えてくるかもしれない
幸せは思いおこせばいっぱいあった
それがどれだけ普通のことだったか
金にも名誉にも欲望にも満たされることが

どんなに束縛されることかだってみんな知っているんだ
普通に生きられることの尊さを
でも不幸になってしまったら
ましてやそれが自分のせいでなかったら
嘆くしかしょうがないじゃないか
後悔しようが無いんだから
それでも無惨に力強く立ち上がる人もいる
傷ついたこころを鷲掴みにして
ぼくにそれができるのかわからない
ただ不幸を弄ぶことはできる
表現者ならそれぐらい開き直れ
不幸は表現の肥やしだぞ、と

医者

女は同病相憐れみたがる
悪口は生きる力を掻き立てる
「こんなやつに
命をあずけるのかと思うと
腹がたってくる
いや情けなくなってくる
化学の実験やってんじゃねえぞ
データと睨めっこばかり
採血が命だ
お陰で血管ボロボロ
あっちもこっちも青アザだらけ
あたしはマウスかモルモット

マニュアル通りにやっても
効かなければ
また別な新しいクスリ
副作用にはまた別なクスリ
製薬会社とつるんでるだろ
クスリいっぱい使わないと
儲からないんだって
自分で言ってりゃ世話無いや
早くこいつとおさらばしたいけど
どこに行けばいいんだ
セカンドオピニオンといったって
また同じような医者だろきっと
データの解釈がちがうだけ
製薬会社とつるんでるのはみな同じ」

男は孤独になりたがる
恨みは自分自身にはね返る
「病院なんて信じられない
大きくても小さくても
医者は仁と言うけれど
それはヤクザという意味か
命をもてあそぶのは同じだ」
お医者さんはいるのかい
お医者さんはいるのかい

朝日がのぼる
この病室は
満月ものぼる
この病室は
北向きが一番だ

手紙

誰に出すあてもなく
書き出した手紙が止まらない
全部独り言みたいな内容で
もらった人は困るだろうな
下手くそな字は読みづらいし
たわいもない愚痴だらけ
それでも書き出したら止まらない
ペンをもつ指先が痺れても
書き出したら止まらない
コインランドリーで落とした
百円玉がコロコロと
洗濯機の下に消えた時の

悔しさをなんで綴る
とうとう最後はネコの話
書き出したら収拾がつかない
誰に出すんだそんな話
ネコのトイレの砂の後始末
ネコ好きならよろこんで
くれるはずさと勘違い
ところが誰かに期待したとたん
ペンはピタリと止まってしまったんだ
なあんにも考えず
なあんにも期待せず
指先が痺れても
手で書いた手紙
だからもう何も浮かばない
伝えたいやつが現れたから

住み慣れた街

住み慣れた街は
どんなにつまらなくても懐かしい
いや愛おしい
自分の記憶と後悔と
大切な思い出ばかりが
染み付いているから
抜け出せない
あの古びた四つ角の
放ったらかしの看板にも
愛してるって書いてある

自分を愛した分だけ
住み慣れた街が愛おしい

どんなに嫌なことがあっても
住んでいたなら忘れてるのさ
あんなに嫌だったことも
時間が経つにつけ懐かしい
住み慣れた街が
魔法をかけたのさ

いつも何気なくとぼとぼと
歩いてたよな淋しい商店街
八百屋のオヤジはやたら張り切って
萎びた茄子をおまけにくれた

住み慣れた街は
どんなにつまらなくても
記憶の中ではパラダイス
自分と時間を取り替えて

いい気になって許してる
本当はあんなに出たかったのに
きみが先に出て行った
取り残されたぼくは
住み慣れた街と心中さ

いつも何気なくぶらぶらと
歩いていたよな淋しい商店街
コンビニが出来ても何にも変わらない
薬屋のオヤジはうたた寝してる

住み慣れた街は活気づく
年に一度の祭りの日だ
どこに居たんだこんな奴ら
担ぐ神輿が揺れうごく
見てるやつのほうがパラパラパラで

担ぐ奴らだけ有頂点
ジジイどももはりきって
昼だというのに赤ら顔
自慢話に盛り上がる

いつも何気なくやる気もない時は
フレッシュネスでリフレッシュ
ハンバーガーには腐った肉が
使われてるのかも知らないで

住み慣れ街から追い出され
帰れなくなった人達は
つまらない記憶もほじくり出す
うるさい隣のオヤジの独り言
思い出したらこびりついて
頭のなかでぐるぐる回る

汚ねえやつらに気を付けろ
いつも口ぐせだったのに
最後はとうとう騙された

いつも何気なく空を見て
流れる雲を確かめる
今日は天気が薄暗いから
夕方あたり雨になるのかな

いつも何気なくふらふら
歩いていたよ淋しい商店街
交差点で偶然君に出会ったんだ
子ども連れでよかったね

やり過ぎ

やり過ぎは良くないよ
なんでも適当が一番
好い加減がいいんだ
お茶を飲む時みたいに
きみの温かさが心地いい
美味しさがたまらない

やり過ぎて死んだやつ
やり過ぎて狂ったやつ
そんなのばっかり見てきたら
好い加減が一番だ
わるい事もいい事も

適当にやればいい

やり過ぎて辛いこと忘れ
やり過ぎて自分のこと忘れ
やり過ぎて周りが見えない
やり過ぎて二度ともどれない
夢み心地で残酷で裏腹
戦争がはじまるぞ

ヒロシマ 2014.8.6 フクシマ

広島
ヒロシマ
HIROSHIMA
福島
フクシマ
FUKUSHIMA
1945
2011
8:15
ピカ！

黙祷

僕らは試された
アメリカは試した
どれだけ殺せるか
僕らは試された
神様は試した
どれだけ人間は愚かなのか
僕らは試した
自分達の愚かさを
二度と過ちを繰り返しません
僕らは試した
自分達の愚かさを
二度目は自爆した
ヒロシマからフクシマへ
放射能の想いが通じた

人間の愚かさは
俺達よりたちが悪い
三十万年たったって
何にも変わりはしないのさ
戦争
自爆
そのうち
自滅
後悔したって始まらない
「HOPIの予言」通りだ
本当は救われる道もあったのに
自分達で拒絶した
懺悔の値打ちもない
愚かさを
まだ気づいていないんだ

僕の病気はＳＬＥ
全身性エリテマトーデス
身体のあらゆるところが
炎症をおこし自爆する
決して治らない病気だ
自分を守るはずの免疫が
突然狂い出し
自分を攻撃するのさ
自爆テロ
まるでフクシマみたいだ
死なないけれど
死んでいる
死なないけれど
薬で抑えるしかないんだ
次の爆発しないように

廃炉にこぎつけるように
あらゆる工作を試すだけしかないんだ
汚染はコントロールされています
ステロイドで？
免疫抑制剤で？
原爆事故で死んだ人はいません
ＳＬＥで死ぬ人は殆どいません
ステロイドと免疫抑制剤
そして副作用地獄
更に薬漬け
死なないけれど
まともに生きられない
みんな死んでしまうかもしれないけれど豊かに暮らしたい
どっちもどっち
欲望の果ての薬漬け

未来は僕等の手の中には
無い！
ヒロシマの原爆ドームは
人間の残した
最高の負の世界遺産だ
周りに生えている楠木は
六十九年目の風に
揺れているんだろうな

合掌

日の出

八月七日御茶ノ水
四時五〇分
日の出
ちいさな赤い豆粒が
地平線から現れる
あれが太陽か
太陽は北東から昇る
浅草あたりから昇る
スカイツリーの左側から昇る
そこは鬼門の方向だ
きっと皇居からも鬼門だろう
太陽はオレンジ色に輝き出した

どんどんどんどんおおきくなる
あのずっとずっとさきの向こうには福島がある
ぼくの故郷の福島がある
放射能に犯されている福島
更にその奥は東北だ
道はつづく細々と続く
太陽はもはや黄金のように輝いている
もう誰にも止められない
気の狂うエネルギーを徐々に振りまきながら
天空に向かって立ちあがる
ゆっくり弧を描きながら
しかし突然雲に隠れた
天の岩戸に隠れるように
だがスカイツリーの真上にきたとき
再び突然輝き出した

いや爆発だ
天の岩戸が開いたんだ
アマテラスの再臨だ
スカイツリーはマシンガンの銃身になって
太陽を撃ち落とせるか
火炎放射器になって焼き尽くせるか
もはやそれは手遅れだ
アマテラスになった太陽に
誰も火は噴かないだろう
スカイツリーの真上で
太陽は高らかに宣言する
この世はわたしのいいなりだ
街はハハーッ！てひれ伏した
じっと見ていたぼくは目を焼かれて
何も見えなくなった

ただ熱くなった光の熱をヒリヒリ感じて
眠りにつく
きっと永遠に
六時〇分

らいくーん

このカーテンで仕切られた
窓もない三畳の空間の
ベッドに転がって
天井を見上げ
何もできない
涙が止まらない

この子もうすぐ死ぬかもしれないって
覚悟していて下さいって言われたと
きみの伝言メールを読みながら
ぼくは何もできやしない

ガンバってくれ

せめてぼくが帰れるまで
生き延びてくれ
生きているうちに抱きしめたい
そっとそっと抱きしめたい
ここまでよくガンバったねと
愛をいっぱいありがとうと

いろんな思い出が頭の中を
ぐるぐるメリーゴーランド
きみと二人で一緒にまわる
ぼくは幸せそうな二人を
見てるだけで幸せだった
一緒に眠る二人の寝顔が至福の時

ぼくはベッドに縛りつけられるように何もできない状態だ
らいくーん、ごめんな！

長崎原爆の日

十一時〇分
空は曇って地平線は見えない
スカイツリーは雲の中
こんな天気だったら
長崎に原爆は落とされなかった
十一時二分
黙祷！

原爆投下のその時に
真下の浦上天主堂では
懺悔の告解が行われていた
わたしは過ちを犯しましたと

告白しているその時に
原爆は落とされた
なにを懺悔していたのか
爆発の閃光とともに吹き飛んだ

長崎捕虜収容所では
収容されてたアメリカ兵が
味方の原爆で殺された
収容所があるのを
わかっていながら
原爆は落とされた
君たちは殉死だよ
戦争を終わらせるには仕方ないんだ

原爆投下直下の

山王日吉神社には
原爆で焼かれても生き残って
またふたたび芽を吹いて
復活した奇跡の大楠がある
もう決して枯れないだろう
あと千年は枯れないだろう
あと千年は語り継ぐ
原爆の愚かさを

赤いホタル（三・一〇東京大空襲）

東京の夜空には
赤いホタルがいっぱい
チカチカチカチカ
決して飛ばない
赤いホタルがいっぱい
チカチカチカチカ
ビルのあたまに
赤いホタルがいっぱい
チカチカチカチカ
どうしてこんなに
赤いホタルがいっぱい
ビルの上に停まってるんだ

チカチカチカチカ
まるで血塗られた人の魂が
帰ってきたみたいな
赤いホタルがいっぱい
ビルの上に停まってるんだ
チカチカチカチカ
天までのびる高層ビル
天までのびる人間の欲望
天まで犯す人間の欲望
もう誰も止められない
チカチカチカチカ
今から六十九年前の
一九四五年三月一〇日
東京大空襲
天から落ちて来た焼夷弾

天から落ちて来た死亡宣告
焼けた死体は一〇万人
チカチカチカチカチカチカチカチカチカチカチカチカチカチカチカ
東京大空襲で死んだ
一〇万人の人達の魂が
赤いホタルになって
帰ってきたんだきっと
だからどこも飛べない
死んだところから飛べない
焼かれて命が燃え尽きた
地縛霊のような魂が
東京の夜空を焦がしてる
赤いホタルが
チカチカチカチカチカチカチカチカチカチカチカチカチカチカチカチカ
チカチカチカチカチカチカチカチカチカチカチカチカチカチカ

チカチカチカチカチカチカチカチカチカチカチカチカチカチカチカ
チカチカチカチカチカチカチカチカチカチカチカチカチカチカチカ
赤いホタル

三・一一（陸前高田松原海岸）

あいつはみんなの悲しみを
ひとりで背負ったままいっちまったよ
風も吹かない月も星も出てない寒い夜に
海に呼ばれていったのか
あんなに恨んでいたのに

荒野になった市街地をトボトボ横切って
何度つまずいてもきっと立ちあがって
拾った石ころを一つ懐に入れて
海に向かって歩いたんだ
あんなに恨んでいたのに

暗闇に自動販売機だけがこうこうと光る
ブルドーザーが二台、ガレキといっしょに
夜露に濡れて置き去りにされている
まっすぐになった国道をトラックが走り過ぎる
波の音が間近に聴こえてきた

海岸の砂浜でよく焚き火をしたな
曇り空の夕暮れ前の静かな湾は
一艘の小さな漁船がよく似合う
爺さん何を獲ってるんだろう
赤々と燃える火を見つめる至福の時

残された奇跡の一本松が立っている
残された僕らの象徴みたいに
でもあいつは死んでいるのに

死ぬことさえ許されない運命
僕らは死の記憶から引き剥がされた

三年目の辛い春がやってくる
ふきのとうはもう満開だろう
でもまた雪がちらついて来た
足が痺れて冷たい棒みたい
もういいかいもういいよ
もういいかいもういいよ

きっとそうつぶやきながら
喪に服した辛い日々を振り返り
本当はもっとはやくいきたかったんだろうに
きみの分まで生きられない
きみが待ってる海に行くんだ

東京の下町

駒込から浅草まで
東京の下町がまる見えだ
十五階からまる見えだ
東京大学、上野の森、スカイツリー、真下に神田明神
不忍池の手前に湯島天神
ずっと向うに北千住
隅田川は見えないけれど
きっとあそこをくねってる
東京に三十八年住んでるけど
下町には縁がなかったな
夜になると地味な夜景がいい
高層ビルなど殆どないし

赤いチカチカ目障りじゃない
なんか地方都市にいるみたいで
ここは博多か仙台か
曇り空が垂れ込めるとき
スカイツリーが首突っ込んで
まるで御柱みたいだ
神様が伝って降りてくるかな
スカイツリーの左側から
朝日が昇る
オレンジ色の朝日が昇る
スカイツリーの上を横切って
消えていくころ
普通の人は目を覚ます
きっと満月も昇るだろう
満月が昇るころ

普通の人は帰宅する
夕食の時間だよ、でも
一家団欒は昔のこと
まだそんな家だってあるさ
窓から見える正面の
ずっと向うに福島がある
ぼくの田舎の福島がある
放射能だって
飛んできたんだろう
北向きの
十五階の病室から
東京の下町がまる見えだ

知恵

誰だって本当の痛さなんてわからないのさ、本人しか
悲しさだって分からない
でも、しかたないんだそれは
きみがきみであるために
自分が自分であるために
神様が決めたわけじゃない
動物は気にしない
人間だけが絞り出した
生きていくための知恵なのさ
わかってあげたいけど許してね
わかってるなんて裂けても言えやしない
きみのことがほんとうに好きだから

ずっと寄り添っていくだけだ
じっと耳を傾けて言葉の奥をみつけられたらそれでいい
動物は疑わない
人間だけが絞り出した
愛していくための知恵なのさ

コロン・ブスの卵

ほじくり出すんだ
ほじくり出すんだ
便秘になったウンコを
便秘になったウンコを
ほじくり出すんだ
ほじくり出すんだ
ケツの穴に指突っ込んで
ケツの穴に指突っ込んで
ほじくり出すんだ
ほじくり出すんだ
山羊のフンみたいなウンコを
山羊のフンみたいなウンコを
ほじくり出すんだ

ほじくり出すんだ
コロコロコロコロ
コロコロコロコロ
ほじくり出すんだ
ほじくり出すんだ
ステロイドのせいだって
ステロイドのせいだって
ほじくり出すんだ
ほじくり出すんだ
毎日下剤も飲まなけりゃ
毎日下剤も飲まなけりゃ
ほじくり出すんだ
ほじくり出すんだ
力んでもなかなか出ない
力んでもなかなか出ない
ほじくり出すんだ

ほじくり出すんだ
踏ん張ってもなかなか出ない
踏ん張ってもなかなか出ない
ほじくり出すんだ
ほじくり出すんだ
それ以上踏ん張ったら痔になるぞ
それ以上踏ん張ったら痔になるぞ
ほじくり出すんだ
ほじくり出すんだ
ケツの穴に指突っ込んで
ケツの穴に指突っ込んで
ほじくり出すんだ
ほじくり出すんだ
クソと一緒に本音も
クソと一緒に本音も
ほじくり出すんだ

ほじくり出すんだ
ステロイド使ったみたいな毎日で
ステロイド使ったみたいな毎日で
ほじくり出すんだ
ほじくり出すんだ
便秘になった本音を
便秘になった本音を
ほじくり出すんだ
ほじくり出すんだ
腹の奥に溜まったままの本音を
腹の奥に溜まったままの本音を
ほじくり出すんだ
ほじくり出すんだ
そのうち快感になるぞ
そのうち快感になるぞ
ほじくり出すんだ

ほじくり出すんだ
最後の手段さ
最後の手段
ほじくり出すんだ
ほじくり出すんだ
便秘になったウンコも本音も
便秘になったウンコも本音も
汚い？
汚い？
でも自分のウンコだ！
コロン・ブス
の卵だ！

母の誕生日

八・十五　母の誕生日に戦争が終わった。二十二歳。父はフィリピンのジャングルを彷徨っていた。母はただひたすら父の安否を心配して毎日を過ごしていた。結婚して、次の日戦地におもむいた夫の身を気づかって。停車場から手を振った。列車が消えていっても。

八・十五　母の誕生日に戦争は終わった。まさか自分の誕生日に玉音放送を聴くとは夢にも思わなかったろう。「チンフカクセカイノタイセイトテイコクノゲンジョウニカンガミヒジョウノソチヲモッテジキョクヲシュウシュウセム……。」戦争が終わったんだ。

あの人は無事に生きてるだろうか。父は投降して捕虜収容所にいた。

八・十五　母の誕生日に戦争が終わった。そして戦後は「誕生日」が「終戦記念日」と「お盆」になった。戦争で死んだ人達の魂ばかりじゃなく、ご先祖様も、戦争が終わってから死んだ人の魂も、みんなこの日に帰って来て賑やかになる。母は誕生日を祝えない。父の安否はわからない。

八・十五　母の誕生日に戦争が終わった。父も無事帰ってきた。新しい生活が始まった。そして姉が生まれ、僕が生まれ、弟が生まれ家は賑やかになった。でも生活は苦しくて、いつも夜遅くまで内職してた。

八・十五　母の誕生日に戦争が終わった。初めて母の誕生日のお祝いに「ケーキ」を買った。ハッピーバースデーを皆で歌った。恥ずかしそうにロウソクを吹き消したあと、母は言った。今まではスイカだったのにね。

八・十五　母の誕生日に戦争は終わった。僕は大学に入り家を出た。それから一度も八・十五に家に帰ったことはない。学生運動にはまってた。帰省が嫌いでほとんど帰らなかった。母の誕生日は皆で祝ってたんだろうか。なんてすっかり忘れてた。

八・十五　母の誕生日に戦争は終わった。僕が「スターリン」を始めてスキャンダラスな話題になって、逮捕されたのを知ったとき、二度と家には帰ってくるな、恥ずかしいから、と。近所じゃ気違い扱いだぞ、と電話の向こうで泣いてた。

八・十五　母の誕生日に戦争は終わった。しかし、三・一一の大震災の原発事故で新たな戦争が始まった。福島は戦場になった。でも、お父さんのお墓があるから、絶対避難しない。もう先も長くないから放射能なんてこわくない、と。僕はこの年、母の誕生日に初めて帰省した。誕生日のプレゼントにハンドバッグを買って。

八・十五　母の誕生日に戦争が終わった。

ハロー!!廃炉！

ハロー！ハロー！ハロー！
アイセイグッバイ！
ユー　セイ　廃炉　！

みんな廃炉！
溢れかえって
みんなゴミ！
腐れ切って
みんな膿！
臭くて臭くて
みんなクソ！
弱りきって

みんなダメ！
それでも捨てない
みんなクズ！
未練タラタラ
みんな愚痴！
真似するなよ
みんなウソ！
偽装したって
へんな肉！
ありがたがって
みんな馬鹿！
親知らずだ
みんなガキ！
わがまま放題
みんな豚！

食い散らかして
みんなカス！
役に立たない
みんなホラ！
嘘もつけない
みんなブス！
近寄るなよ
みんなアホ！
本当のこと言ったら
皆殺し！

ハロー！ハロー！ハロー！
アイ セイ グッバイ！
ユー　セイ 廃炉！

天使のはらわた

天使のはらわた
悪魔の真心
どっちも同じ
穴のムジナ

ダマして下さい
許して下さい
何にもわからず
手を出した

無くしたものは
自分の気持ち

拾ったものは
アナタの嘆き

看護師さん

きみがいつもそばに居て
優しく相手してくれる
決して怒らない笑顔みせて
仕事だからなんて顔しない
朝も昼も夜も夜中もいつも
休みなく気を配り
みんなを見守る
だから安らかに眠れる
何が起ころうとも
みんな知ってる
誰が今どうなってるかまで
車椅子押しながら

行き交う人の目をみて
ぶつからないように
細心の注意してきみを運ぶ
でも天国まではきっと運ばない
ただ寄り添ってくれるだけ
ぼくは一度も腹を立てたり
不快に思ったこともない
あたり前のことみたいに
できるから素晴らしい
あふれるのは愛か慈悲の心か
仕事だからなんて顔をみせない
ここから出たくないと言ったら
その時だけは怒られた
みんな待ってるんですよ
あなたが元気になって

帰ってくることを
さようなら
ありがとう
お世話になりました
素敵な一日を毎日
味わいながら過ごせたのは
あなたのおかげです
隠れてお湯沸かして
コーヒー入れて
飲んでスミマセン
世の中の人
みんな看護師さんだったら
いいのになあ
でも僕が健康だったら
イベリコ豚になっちゃうな

後書き

僕は昨年散々な年でした。年明けから体調不良で二月に緊急入院、心臓のカテーテル手術で一命を取り留めたが、その後の復帰活動で再び体調悪化、春から活動中止を余儀なくされました。

しかし、休養しても体調が悪化するので、再び入院。検査の結果、膠原病ＳＬＥ（全身性エリテマトーデス）と悪性関節リウマチの併発と診断され、その治療に入りました。

膠原病の事を知るにしたがって、それと今の自分と世の中がダブって見えて仕方ないのです。

入院50晩49歌。
自分に聴かせるアラビアンナイト（千一夜物語）？

こんな状況で出来ることは、毎日詩（詞）を書き続けることぐらいです。

入院日記みたいなものです。治療、食事、運動、考えること、読書、テレビ、寝ること、だけで一日が規則的に過ぎていく。

今までとはまるで全てが逆。

しかも、退院後も自宅治療で、その基本は変えられない生活をしなければならない。治らない病気だから。

それは一生。


ＳＬＥのせいで両足の痺れも発生し、正常歩行が出来なくってしまったのが、一番辛い。神経細胞が破損したのでなかなか治らないと医者から言われ、その後もう治らないと診断された。

体調がもどっても、痺れが治らない限り今までみたいにツアーはできない。

どうしようかな、これから。

と思案に暮れる今作です。

生き方を変えながら、変わらないものは変えない。

いろんな事を集中的に考えざるを得なかった入院が、まるで震災の様にどんどん遠ざかっていくのは仕方ないです。

ただ、あの時考えた気持ちのドキュメントを、こんな形で残せたのは意外でした。歌にする詞、しない詩は混ぜこぜですが、素直に書くというのは本当に難しい、と改めて感じました。情けない(笑)。

この詩集の出版にあたって、いろいろ御足労をおかけした皆さん、長い治療生活で、ご心配をくださったみなさん、本当にありがとうございました。感謝します。

二〇一五年　三月

遠藤ミチロウ

■遠藤ミチロウ プロフィール■

音楽家。1950年福島県生まれ。高校時代にドアーズ、ジャックスなどに影響を受ける。大学卒業後、東南アジアを放浪。
1980年、パンクバンドTHE STALINを結成。1981年、インディーズでの1stアルバム「trash」が即完売。過激なパフォーマンス、型にはまらない表現が話題を呼び、1982年、石井總亙監督「爆裂都市」に出演。同年、「STOP JAP」でメジャーデビュー。1985年、THE STALIN解散後、ビデオスターリン、パラノイアスター、STALIN、COMMENT ALLEZ-VOUS?などの活動を経て、1993年からはアコースティック・ソロ活動を開始。アンプラグドパンク・スタイルで数々のアルバムを発表し高い評価を受ける。その評価はミュージックシーンだけでなく、文芸・演劇・映像シーンからも熱い支持を得て、次代の若者にも影響を与える。21世紀に入り多彩なライブ活動を展開し、更に詩集、写真集、エッセイ集などの出版ラッシュ。また、中村達也（LOSALIOS）とのTOUCH-ME、石塚俊明（頭脳警察）と坂本弘道（パスカルズ）とのNOTALIN'S。クハラカズユキ（The Birthday）と山本久土（MOST, 久土'N'茶谷）とのM.J.Qとしても現在活動中。

膠原病院 -KO GEN BYO IN-

2015年4月29日　第1刷発行
2015年8月27日　第2刷発行

著者　遠藤ミチロウ

発行者　豊髙隆三
発行所　株式会社 アイノア
〒104-0031　東京都中央区京橋3-6-6 エクスアートビル 3F
TEL 03-3561-8751　FAX 03-3564-3578
印刷・製本 凸版印刷 株式会社

ISBN978-4-88169-188-5 C0095